I0564833

FERRET 1976

P. RIVERSDALE

Vers l'abîme

PARIS

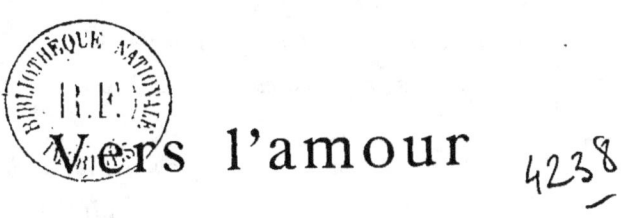

Vers l'amour

P. RIVERSDALE

—

Vers l'amour

Poésies

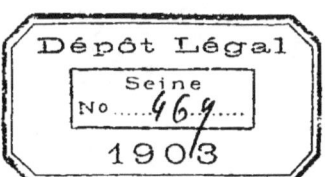

Dépôt Légal
Seine
No ...4.6.9....
1903

Se trouve, à Paris

En la Maison des Poètes

42, RUE MATHURIN RÉGNIER, 42

1903

Souffle d'amour

O toi, dont le regard grisant qui m'ensorcelle
   Allume mon désir, — Yeux bruns, douce prunelle,
Dont la clarté se voile et brille par instants,
Qui font fleurir au cœur un éternel printemps. —
Ton âme me séduit, ton esprit poétique
Me ravit et me charme ainsi qu'une musique,
Et tout de toi me plaît, mon amour radieux;
Quand je suis près de toi, je me sens près des cieux.

Portrait

J'aime la beauté de tes yeux étincelants,
  Le ton de tes cheveux dorés et chatoyants,
Ton petit nez mutin, ton front de tubéreuse,
Ton profil gracieux, ta sveltesse onduleuse ;
La blancheur de tes seins pareils aux monts neigeux
Se dresse fièrement pour provoquer les cieux,
Et tes mains aux longs doigts, savantes en caresses,
Laborieusement prodiguent les ivresses.

Le rythme de ta voix me cajole et me plaît,
Ton esprit si divers m'amuse et me distrait.
L'ombre du duvet blond reflété sur tes lèvres
Brûle mon jeune sang d'intolérables fièvres ;
Ta grâce d'amoureuse inlassable pâlit,
Dans l'ardeur de l'alcôve et dans l'ombre du lit ;
Ton corps voluptueux sous mes baisers tressaille.
Oh ! les coups de ton cœur dans la belle bataille !

Les nuages de fumée!

Les nuages légers s'envolent lentement,
   Ils vont vers l'infini chercher un autre monde;
Poursuivant leur chemin dans l'or du firmament,
Rien ne fait dévier leur course vagabonde.
Ils dédaignent l'obstacle et se grisent du vent.
Ils atteignent enfin le but de leur voyage -
Et se perdent pour nous dans les astres mouvants,
Croyant saisir le ciel et l'éternel mirage.

M. R.

La Belle aux désirs dormants

Belle aux désirs dormants, toi qui ne connais pas
L'amour désordonné, tumultueux et las,
Dors d'un sommeil profond, attends qu'on te réveille
Et qu'un rayon nouveau t'enivre et t'ensoleille.
L'amour te dit d'aimer, d'aimer avec ardeur.

La vierge s'y refuse, ignorant la douceur
Des longs embrassements qui rappellent le rêve
Laissant au cœur leur grâce étincelante et brève.

O femme sans désirs, femme aux sens endormis,
Souviens-toi des aveux et des baisers promis :
Ceux que je dépose en frissonnant sur tes lèvres,
Et qui sont mon bonheur, ma tristesse et mes fièvres

Chanson

L e doux murmure des baisers
 Sous les feuilles se fait entendre,
Et les amants inapaisés
Échangent leur caresse tendre.
Le chant des oiseaux dans la nuit
Les berce d'un sublime rêve ;
Loin des angoisses et du bruit,
Ardents, ils s'enlacent sans tréve.

Vers pour un éventail

J'embrasse tes baisers, ce sont des perles roses
Qui tombent sur ma bouche et me grisent d'amour.
Encor des voluptés, sur tes lèvres mi-closes.
Douces fleurs du printemps revenez chaque jour.

Amoureux Souvenir

Vivre sur ta bouche et dormir sur ton cœur;
　Parcourir l'espace et, la main dans la main,
Dédaigner le monde, aspirer le bonheur;
Rêver qu'on est seuls, sans aucun lendemain;
S'aimer longuement, loin des yeux indiscrets;
Oublier tout : Dieu, les hommes, les méchants;
Dans de doux baisers, se dire ses secrets
Amoureusement intimes et touchants...

Divinité

Déesse aux yeux d'or brun, clos ta paupière rose,
Fais des songes d'amour; que ton sommeil soit doux;
Que le rêve lointain comme un rayon se pose
Sur ton front languissant et sur tes cheveux flous.
Je voudrais être la nuit, afin de t'étreindre,
Je voudrais te presser sur mon cœur frémissant,
Entendre ton sanglot voluptueux se plaindre
Et retenir l'amour qui sourit en passant.

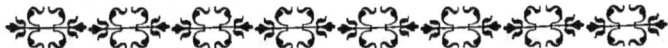

Madrigal

Ton œil voluptueux caresse doucement,
D'un regard alangui, celle que tu préfères;
Et l'on sent ton amour naître furtivement
Dans cet astre profond où tout n'est que mystères.

Vivre loin de toi

Vivre loin de toi, c'est mourir !
 Et ne pas entendre ta voix,
Dont les accents me font frémir,
C'est pour mon cœur mourir deux fois.

L'avril gazouille dans les nids ;
Nos cœurs battent à l'unisson ;
Nous chantons les moments bénis,
En nous aimant dans un frisson.

Souvenir!

O volupté des nuits !
Divines jouissances !
Vous arrivez sans bruit !
Rythmant de claires stances ;
Vous apportez l'amour,
Sans ombre ni tristesse,
Oubliant que le jour
Ramène la détresse.

17

Vous protégez l'amant
Qui, lassé de caresses,
Repose doucement
Auprès de sa maîtresse.
Vous êtes le bonheur
Et l'extase infinie...
Que les âmes en chœur
Chantent l'ardente vie !

Complainte du Cygne

Toi, qui fus ma douce compagne,
 Mon bonheur dans l'adversité,
— La nuit du désespoir me gagne ! —
Pourquoi m'avoir déjà quitté ?
Tu jetais, sur l'onde limpide,
 L'ombre d'un reflet argenté.
Auprès de ton cher corps rigide,
Je veille avec anxiété.
Tu fus un rayon dans ma vie,
Mon unique félicité,

Et mon étoile et mon amie,
Ma très douce divinité.
Je ne verrai plus ton plumage
Et ton port plein de majesté!
Je ne puis croire à mon veuvage,
A l'affreuse réalité!
Tes sœurs pour moi n'ont point de charmes.
Je les revois sans volupté :
Mon cœur est brûlé par les larmes,
Je ne pense qu'à ta beauté.
J'irai sous les sombres feuillages,
Pour rêver à l'éternité,
Et volerai vers les nuages
Un éblouissant soir d'été.

Vérité

Chacun de tes baisers est un serment d'amour.
Je les aime divins, brûlants et poétiques;
Je veux poser les miens sur tes yeux tour à tour :
Des baisers dont le son rappelle des musiques.
Nous suivrons les sentiers parcourus bien souvent
Par des êtres vibrants, dont toute l'existence
Voudrait ne devenir qu'un long enlacement,
Qu'un hymne triomphal d'ardente obéissance.

Quand la neige des ans couvrira nos cheveux
Nous nous ressouviendrons de nos tendres ivresses ;
Dans un chaste baiser, nos éternels aveux
Redonneront un chant d'avril à la vieillesse.

Destinée

Oui! c'est elle toujours qui fait notre malheur;
Sa haine nous poursuit; son implacable glaive,
Suspendu sur nos fronts, nous pénètre d'horreur,
Ne nous donnant jamais qu'une illusion brève;
Son œil trop vigilant de tous côtés nous voit;
Nous croyons échapper au regard fatidique
De ce monstre hideux qui nous glace d'effroi.
Lorsque nous nous moquons, d'un grand air ironique;

Il nous laisse penser : « Nous sommes les plus forts ! »,
Mais il nous faut reconnaître notre faiblesse.
Nous tâchons de lutter : ce sont de vains efforts
Qui nous font enfoncer plus bas dans la tristesse.

Avant la lettre

Elle ne connaît pas les battements du cœur,
Ni ce frémissement, ni la main que l'on pose
Sur la fraîcheur du corps d'où s'échappe l'odeur
Du lys voluptueux et de l'ardente rose...
Sans comprendre, elle entend le rythme de la voix
Qui redit lentement : « Je vous aime. »
Sa pudeur délicate a caché ses émois
Mais son âme tressaille à l'éternel poème.
Les jours se sont enfuis laissant le souvenir
Et l'écho de la voix douce et mystérieuse.
Elle s'éloigne en vain ; (Pourquoi vouloir s'enfuir?)
Le danger la poursuit, elle n'est plus rieuse,

Elle cherche l'oubli de ce charme lointain
Et des mots tentateurs murmurés à l'oreille.
Dans le soir elle dit : « Ce sera pour demain. »
Le jour paraît enfin : le serment de la veille
La tourmente et l'obsède, ainsi qu'un revenant
Qu'on voudrait retenir ou chasser dans l'espace :
L'heure grave a sonné; l'être tout rayonnant
D'une sensation violente d'audace,
Une sérénité lui caressant le front,
Soudain elle frissonne au fin duvet des lèvres.
Sa chevelure d'or est comme un soleil blond,
Et la vierge tressaille; elle brûle de fièvres;
Elle s'abandonne toute à l'étreinte des bras
Crispés nerveusement dans le baiser suprême.
Avec un long sanglot amoureusement las,
Elle dit à mi-voix : « Oui, mon rêve, je t'aime. »

Désir

O toi, dont le beau corps est fait de volupté,
  Toi, dont le clair regard séduit, affole et grise,
J'aime frôler et voir ta pâle nudité,
Et cueillir sur ta bouche une douceur promise;
Me pâmer de bonheur et n'entendre aucun bruit;
Oublier que j'existe et vivre dans un songe;
Fermer les yeux, rêver, me perdre dans la nuit,
Quand l'écho des aveux ardemment se prolonge.

Primavera, gioventù dell'anno.

On entend les oiseaux gazouiller doucement.
  Leurs chants mélodieux troublent le firmament,
Et l'odeur des lilas nous grise de désirs.
Les couples enlacés emmêlent leurs soupirs;
Le papillon voltige et butine les fleurs,
Et les lys sont parés d'amoureuses pâleurs.
Le tourtereau brûlant roucoule dans les bois;
La tourterelle cède à l'appel de sa voix;
Le sournois écureil apparaît et s'enfuit;
Le sinistre hibou s'endort jusqu'à la nuit.

Ah! Que j'aime entendre ta voix!

Le soir, au bord moussu d'une verte fontaine,
Dans l'ombre du couchant, retenant notre haleine,
Nous nous sommes aimés au plus profond des bois.
    Ah! que j'aime entendre ta voix!

Avec de jolis mots frémissants de tendresse
Qui s'attardent, ainsi qu'une vague caresse,
Tu redis ton amour, Maîtresse de mon choix.
    Ah! que j'aime entendre ta voix!

A l'heure où, sans témoin, je me promène et rêve,
A l'heure où les soucis et les tourments font trêve,
J'écoute murmurer mon cœur comme autrefois.
         Ah! que j'aime entendre ta voix!

Quand tu recueilleras ma larme d'agonie,
A mon triste chevet. dans l'angoisse infinie,
Me consolant encor, tu presseras mes doigts,
         J'aimerai le chant de ta voix.

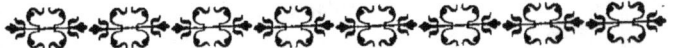

Le Retour

L e trot vif des coursiers s'entend.
Le cher absent, devant la grille,
S'arrête, craintif il descend
Et se hâte vers la charmille,
Pour oublier tout son chagrin
Dans un long baiser sur la bouche,
Un baiser qui n'a pas de fin.
— Oh! douces lèvres que l'on touche! —
Elle se blottit dans ses bras,
Demandant encor les caresses
Dont elle ne se lasse pas.
Tout son être tremble d'ivresse
Qu'il lui rend avec volupté.

Maintenant, le moment approche
Et, le cœur plein d'anxiété,
Il redoute un tendre reproche.
Dans un sanglot lent et profond,
Posant les mains sur son épaule,
Elle lui donne sur le front
Un léger baiser qui le frôle.
La reprenant avec amour
Il l'écrase sur sa poitrine,
Voulant éterniser le jour
Et retenir l'heure divine.

La Mouette

Sillonnant les flots clairs, comme un éclair qui fuit
Au vent qui vient du large ouvre de grandes ailes,
A la cime des rocs tu dormiras la nuit.
Ton plumage d'argent, brillant de clartés frêles,
Apparaît sur la mer à l'horizon lointain,
Donnant l'illusion d'une voile en détresse.
Tu te laisses bercer, sur un rythme incertain,
Par le frais tourbillon et son âpre caresse.
Tes yeux fouillent le ciel immobiles et froids,
Et plongent sous la vague au gris crépusculaire.
Cherches-tu le butin enfoui autrefois
Par des vaisseaux perdus au hasard d'une guerre?

Mouette, que vois-tu? Dans cette profondeur,
Vois-tu des monceaux d'or, ou des amants qui s'aiment,
Tendrement enlacés, sans craindre la froideur
Des eaux de l'océan que les algues parsèment?
Ou vois-tu le vieillard qui compte son trésor
Dans l'abîme hideux, entouré par les gnomes?
Tu respires l'oubli, les ténèbres, la mort,
Où plus rien n'est réel, où passent les fantômes.
Mais tu vas revenir pour réjouir nos yeux,
Apportant avec toi la divine allégresse;
Et tu t'envoleras noblement vers les cieux
Et vers d'autres amours qui feront ton ivresse.

Ultima Verba

Mettez-moi ma plus belle robe.
Que mon corps, parfumé de fleurs,
Ne soit pas l'objet qu'on dérobe
Aux regards noyés sous les pleurs.
Dénouez mes cheveux dans l'ombre;
Posez sur mon sein un œillet,
Et que les angoisses sans nombre
Meurent douces comme un regret.
Fermez les rideaux à l'aurore,
Et chassez l'importun soleil.
Laissez-moi sommeiller encore,
Quand viendra l'heure du réveil.

Placez sur mon cœur son image,
L'image de l'être adoré;
Que, dans la tombe, son visage
Soit comme un songe évaporé.
Que nul étranger ne me touche;
Je veux enfin un long baiser,
Un baiser tendre sur ma bouche,
Pieux, et qui sache apaiser.

Je suis jaloux

Quand d'autres boivent ses paroles,
  Lentes comme un chant de violes,
Que, moi, je recueille à genoux,
      Je suis jaloux.

Quand, vers le soir, son regard sombre
Paraît se rallumer dans l'ombre,
Comme les yeux d'or des hiboux,
      Je suis jaloux.

Si l'étreinte de sa caresse,
Moins tendre et moins douce m'oppresse,
Je songe aux anciens baisers fous ;
      Je suis jaloux.

Et quand, dans un décor de rêve,
Mon cœur, sans me laisser de trêve,
Me fait revoir ses cheveux flous,
    Je suis jaloux.

Que son haleine en fleur se pose
Sur la corolle d'une rose,
Je sens les flèches du courroux ;
    Je suis jaloux.

Quand la vague souple l'entoure
D'une fraîcheur qu'elle savoure,
Parmi le roulis des cailloux,
    Je suis jaloux.

Les fruits

Pêche de volupté, pareille aux seins des femmes,
   Tu m'inspires l'amour, je voudrais mordre en toi.
Ton velouté divin qui recèle la gamme
Du rose et du carmin semble rougir d'émoi.
Orange du soleil, se balançant sur l'arbre,
Étincelante et ronde ainsi qu'un ballon d'or,
Dans les pays de chants, de roses et de marbre,
D'où l'hirondelle prend son merveilleux essor.
Raisin, dont le sang brûle aux lèvres des Bacchantes,
Dont j'aime à voir couler les flots voluptueux
Qui versent au chagrin les douceurs enivrantes,
Les rêves empourprés et les baisers fougueux.

Belle amande aux yeux verts, dont la douce prunelle
Semble nous dérober un mystique regard,
Et change de couleur quand la saison nouvelle
Cède devant l'automne aux doigts d'ambre et de nard.
Tendre fraise des bois, ô sœur des violettes,
Toi qui sers de lien aux timides amants,
Qui mêles ton haleine à leurs lèvres muettes
Apparaissant, dès l'aube, en rouges diamants.
Toi, moqueuse noisette, au sommet des feuillages,
Regarde les passants et ris à l'écureuil.
Pomme, dont la senteur enchante les ombrages,
Pare-toi de couleurs d'opulence et d'orgueil.
Fruits, ainsi que les fleurs, votre saison est brève;
Vous naissez pour mourir; votre rire d'un jour
Nous laisse le regret et le parfum d'un rêve:
Vous mourez au soleil sans connaître l'amour.

Rêveries

Quittons ce monde de mensonge,
Enfermons-nous loin du vain bruit,
Que notre bonheur se prolonge.
Dans l'ombre ardente de la nuit,
Tu me diras très bas : « Je t'aime. »
En me pressant contre ton cœur.
Sur ta bouche tremblante et blême
Je mettrai mon baiser vainqueur.
Tu seras l'ange, la charmeuse,
Le clair soleil de mon bonheur
Et ma subtile ensorceleuse,
O mon harmonie, ô ma fleur !

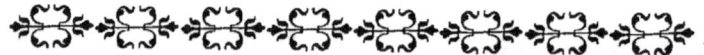

Souvenir de Buda-Pesth

Emporté par les cris de la musique fauve,
  J'éprouve son vertige âpre et voluptueux
Qui semble m'évoquer les baisers de l'alcôve,
Tantôt calmes et lents, soudain impétueux ;
Et je pense aux forêts de ce pays sauvage
D'où naissent ces accords qui nous font tressaillir ;
Aux rochers imposants, à ce peuple en servage
Qui pleure son chagrin et veut le recueillir
Dans ces sons douloureux, image de son âme,
Que l'on ne comprend pas, mais qu'il sait exprimer
Par l'écho de ses chants, ardents comme la flamme,
Peuple que les Destins sont venus opprimer !

La violette

Pauvre petite fleur, si mignonne et coquette,
   Ta grâce se dérobe au regard indiscret
Du passant, dont la main viole ta cachette
Et ravit sans pitié ton arôme secret
Et ton calice noir que la brise caresse.
Ton prestige n'a rien de vainqueur, mais, vers toi
On se laisse attirer par ta douce simplesse
Et, soudain, on ressent l'impérieux émoi
Du désir qui surgit à ta légère haleine.
Les bois sont embaumés d'une aube de printemps.
Et lorsque les amants, dans une heure de haine,
Oubliant leurs aveux, trahis depuis longtemps,

Se quittent sans verser une suprême larme
Et découvrent, flétrie ainsi qu'un doux regret,
Cette modeste fleur d'où se dégage un charme,
Ils se sentent faiblir, en songeant qu'un bouquet
Est oublié, là-bas, dans la chambrette close,
Et qu'il fut le témoin des ébats amoureux,
Des serments prononcés par une lèvre rose,
Des longs enlacements, des baisers chaleureux.
Sur leur pâle tombeau naîtra la violette,
Lorsqu'ils s'envoleront sur l'aile d'un soupir,
Elle se penchera vers la douleur muette,
Fidèle dans la mort et sœur du souvenir.

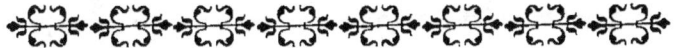

Mon Ange

A la coupe de l'amour
 Je veux boire l'ivresse,
Et m'enivrer tour à tour
De joie et de tristesse;
Vivre dans l'enchantement
D'un bonheur sans mélange;
T'aimer toujours follement;
Rêver à toi, mon Ange.

Rose mousse

Tendre fleur de l'Automne,
   Aux feuilles de satin,
Craignant pour ta couronne
Tu hais le froid matin.
Tes purpurines lèvres,
S'entr'ouvrant au soleil,
Semblent vouloir les fièvres
Du chaud Désir vermeil.
Ton corps drapé de mousse,
D'où s'exhale une odeur
Voluptueuse et douce,
Est fier de sa splendeur ;

Et ta soif aiguisée
Par la ferveur du jour,
Appelle la rosée
Mystique de l'amour.
Lorsqu'un papillon frêle
Écarte ton duvet
Et fait battre son aile
Sur ton cœur, en secret,
Les amoureux qui passent,
Enviant son bonheur,
S'arrêtent et s'enlacent
Devant ta grâce, ô fleur !

Le lion en cage

Arpentant, sans espoir, son étroite prison,
Les yeux mornes, baissant la tête vers la terre,
Voici le roi des nuits, le superbe lion,
Qui parcourait, jadis, dans l'horreur de la guerre,
Les immenses vallons et le calme des bois.
Il fut le souverain fougueux et despotique
Qui semait la terreur par le son de sa voix;
Il revoit son beau ciel à l'azur magnifique,
Les lacs d'un bleu saphir, les grands monts sablonneux.
Il voudrait se coucher au fond d'une tanière,
Oublier ses rancœurs, rugissant ses adieux,
Et mourir bravement, sur la terre étrangère!

Joli grain de beauté

Joli grain de beauté, d'où viens-tu si gaîment?
Quelle audace de prendre ainsi ce coin charmant!
Tu recueilles toujours le gracieux sourire
Auquel j'ai tant pensé, que mon âme désire.
Tu songes, quelquefois, que c'est toi qu'on admire;
Tu n'es qu'un vilain fat, va vite te cacher.
Sa bouche me séduit, laisse-moi la toucher.
Je voudrais lui donner de divines caresses,

49

Des baisers amoureux et brûlant de tendresses.
Mon idole demeure au temple des ivresses,
Sur l'autel de l'amour et de la volupté.
Je voudrais l'adorer, blonde divinité,
Lui répéter souvent de délirantes choses,
Mes lèvres sur son front, sur ses paupières closes,
En frôlant ses cheveux, où se fanent les roses.

Les figurines en porcelaine

Au fond d'une vieille vitrine,
L'une auprès de l'autre, vivaient
Des porcelaines, dont la mine
Charmait les yeux. Elles rêvaient
A leur vive splendeur ancienne,
Et se demandaient quel méfait,
Conçu par leur âme païenne,
Leur valait cet ennui parfait.
La délicieuse bergère
Se moquait du gros Hollandais,
Dont le sombre regard austère
Lui paraissait dur et mauvais.
De son petit doigt fin et rose,
Elle montrait la Pompadour
Qui, d'un œil distrait et morose,
Attendait qu'on lui fît la cour.

Le gai Teuton apoplectique,
A cheval sur un grand tonneau,
Écoute la douce musique
Du pâtre au léger chalumeau;
Et les danseuses d'outre-Manche,
Dans leur coloris effacé,
Souplement balancent leur hanche
D'un lent mouvement cadencé,
Riant au lourd parvenu Corse,
Écrasé par le poids des ans,
Qui croit toujours avoir la force
D'opprimer les pays géants.
Et tous ces petits personnages
Sont bien l'image des humains :
Ils furent tous des plus volages,
Ne pensant point aux lendemains;
Et maintenant, dans leur vieillesse,
Tout leur paraît inconvenant :
Ils ne pensent plus qu'à confesse,
Oubliant les amours d'antan.

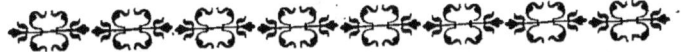

Ne jamais te quitter

Vivre par ton amour, ô ma pâle maîtresse ;
   Éviter un seul mot, un seul geste qui blesse ;
Sentir, tout près de moi, ton souffle haleter ;
       Ne jamais te quitter.

Prévenir tous tes vœux ; te chanter sur ma lyre,
Par des soirs de printemps, l'haleine de Zéphyre
Caressant tes cheveux qui me font palpiter ;
       Ne jamais te quitter.

Et, la main dans la main, par les monts, par les plaines,
Sur les sables déserts, sous l'ombre des grands chênes,
Mes lèvres s'uniront aux tiennes pour chanter :
       Ne jamais te quitter.

Et, quand viendra la nuit, tu cloras ta paupière :
Auprès de ton chevet je veillerai, sévère,
Sur ton sommeil que rien ne doit inquiéter ;
    Ne jamais te quitter.

Et je consolerai tes heures de tristesse.
Je veux être pour toi l'amie enchanteresse,
Dont le constant amour semblera répéter :
    Ne jamais te quitter.

Quand les rayons d'argent égrenés par la lune,
Comme des diamants font briller la lagune,
Mon cœur inassouvi veut encor souhaiter :
    Ne jamais te quitter.

Extase

Je me mire dans tes grands yeux,
  J'y vois des bonheurs radieux;
A ton approche, je tressaille :
Mon cœur va livrer la bataille.
Toute mon âme va vers toi,
J'éprouve le divin émoi
D'une volupté palpitante;
Je me recueille dans l'attente
D'un enivrant et doux baiser,
Que je voudrais pour m'apaiser.
— Te souviens-tu de ta promesse
Et de cet élan de tendresse,
Au coucher rouge du soleil
Dont s'embrasait le ciel vermeil ? —

Je veux le cueillir sur ta bouche.
Ne t'éloigne pas si farouche;
Quand tu connaîtras tout l'attrait
De ce délicieux secret,
Lorsque nous unirons nos lèvres,
Quelles extases! Quelles fièvres!
Et tu voudras recommencer,
Dans mes bras te laisser bercer,
Tu convoiteras ma caresse,
Ne permettant plus que je cesse;
Nous nous aimerons follement;
Dans un léger gazouillement,
Nous nous dirons d'exquises choses,
Parmi les bosquets et les roses.

Le bonheur de t'aimer

O bonheur de t'aimer! Te serrer sur mon cœur;
Toute une nuit d'amour respirer ton haleine,
Te bercer dans mes bras; sous un baiser vainqueur,
T'entendre murmurer, ô ma blonde sirène,
De tes divins accents, doux et voluptueux,
Que ton corps est à moi, que tu veux ma caresse,
Apaiser longuement tes sens tumultueux
Et, sans fin, t'enlacer mon exquise maîtresse!

Je voudrais inventer de suaves plaisirs
Qui te feraient trembler de joie et d'allégresse,
Et prévenir tes plus mystérieux désirs,
T'accablant de langueur, de soupirs, de tendresse.
Je veux que ton sommeil, calme et délicieux,
Ressemble aux clairs reflets de l'amoureuse lune,
Et que ta chevelure aux chatoiements soyeux
Me frôle de ses ors, assombris à la brune.

Je ne puis vivre sans toi

Je ne connaissais point la saveur de l'amour,
O ma blonde beauté! Mais, depuis que tu m'aimes,
J'ai compris la splendeur et le charme du jour,
Quand, le cœur incertain, j'ai pris tes chrysanthèmes,
Doux lien du futur, de notre tendre foi...
    Je ne puis vivre sans toi.

Je voudrais t'aduler en exquise maîtresse,
Ceindre ton jeune front de couronnes de fleurs,
Sans jamais un nuage et sans jamais de pleurs,
Ne voir dans tes grands yeux qu'un rayon d'allégresse.
Tu courbes ma fierté sous la divine loi :
              Je ne puis vivre sans toi.

Tu sais être toujours l'amoureuse câline ;
Le temps auprès de toi rapidement s'enfuit ;
Ton sourire captive et ta grâce séduit ;
Ton lumineux regard ensorcelle et fascine.
Tu fais battre mon cœur du plus divin émoi :
              Je ne puis vivre sans toi.

Le Livre

C'est l'ami de la solitude;
  Il charme les longueurs du jour;
Il nous repose de l'étude,
Nous intéresse, tour à tour,
Par des propos plaisants ou tristes
Qui nous font sourire ou pleurer,
Évoquant des rêves d'artistes,
Que la douleur vient effleurer.

Il nous rappelle les caresses
Et l'ardeur sombre du baiser
Né des véhémentes ivresses
Que l'amour seul peut apaïser.
Il verse la mélancolie,
Les regrets du bonheur passé,
Nous donne un songe de folie
Que savoure le cœur lassé.

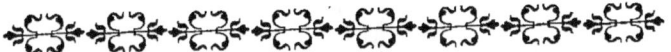

Cruautés humaines

L 'homme aime à voir souffrir ;
  Monstre dur et farouche,
Il craint bien de mourir,
Gémit lorsqu'on le touche ;
Mais il ne comprend pas
Qu'un animal se plaigne
Quand, un jour de frimas,
Le cruel chasseur daigne
Le traquer dans les bois ;
Quand le cerf, l'œil en larme,
Sans haleine, aux abois,
Voit le bourreau, dont l'arme
Se dresse vers son cœur,
Achever sa détresse,
Sa craintive douceur
Et sa courte allégresse.

Quand le léger ramier,
En agitant son aile
Vers le ciel printanier,
Reçoit, dans son corps frêle,
Les flèches de la mort.
Un tireur imbécile,
Vil instrument du sort,
Se croit un être habile
En massacrant l'oiseau
De l'amour, de l'idylle :
Cet homme est un fléau.
Quand, dans l'immense arène,
Les lâches picadors
Qu'un bas instinct entraîne,
Semblables aux condors,
Fondent sur leur victime,
Le taureau dédaigneux,
D'un œil grave et sublime,
De son maintien fougueux,
Brave l'horrible foule
Qui blasphème en hurlant
Devant le sang qui coule
En jets noirs de son flanc.
Le matador arrive,

Et le fier animal,
Dont la douleur s'avive
De voir l'homme brutal,
Fléchit au coup d'épée,
S'affaisse sur le sol,
Sa poitrine frappée
Par l'abject Espagnol.
C'est pourquoi le colosse,
Qui s'appelle être humain,
Devient toujours féroce
S'il pense que sa main
Peut rester impunie,
Sans craindre un lendemain
Qui venge l'agonie.

Enterrée vivante

L'effroyable réveil de se voir sous la terre,
  Essayant d'ébranler les murs de sa prison,
Et sachant que bientôt cette lugubre bière,
Impitoyablement, lui prendra sa raison.
... Elle pousse des cris, des sanglots de détresse,
S'arrachant les cheveux, elle tremble d'horreur,
Pensant à son aimé qui pleure avec tendresse
Celle qui fut sa joie et la fleur du bonheur.
Elle crispe ses mains, repoussant le suaire
Qui paralyse son effort épouvanté,
Dans ce sépulcre froid, tristement solitaire
Dont aucun mot ne peut dire l'atrocité.

Elle entend des pas sourds. Est-ce la délivrance?
Dans un dernier sursaut, appelant le sauveur
Qui s'éloigne en chantant sa placide ignorance.
Ce passant ne sait point ce qui le rend rêveur;
C'est un écho lointain, une légère plainte,
Venant d'un être humain, qui là, tout près de lui,
Se sent mourir d'effroi dans le noir labyrinthe,
D'une livide enfant dont l'espérance a fui.

Le facteur rural

L e messager qui vient, qu'on attend, qu'on espère,
  Porteur, souvent, hélas! d'alarmes, de chagrins,
Fait tressaillir le cœur oppressé de chimère.
On l'aperçoit marchant de son pas lent. Enfin!
Son bâton à la main, son sac aux destinées
Fièrement sur l'épaule, en précieux fardeau,
Il sourit aux passants, car, depuis tant d'années,
Le matin et le soir, du village au château,
Ne se plaignant jamais, d'un air malin et crâne,
Il remet avec soin les missives d'amour,
Les épîtres de deuil et l'arrêt qui condamne,
Les nouvelles d'exil et l'espoir du retour.

Il frappe à la maison, les fenêtres sont closes;
Il sait quel vrai plaisir, quel bonheur sans pareil
Auront les vieux parents lorsqu'ils liront les choses
Que leur grand fils, au loin, écrit pour leur réveil.
Hélas! les pauvres vieux ne sont plus de ce monde.
Ils ont dû s'en aller sans revoir leur enfant
Qui sera bien surpris que nul ne lui réponde,
Lui qui suit, plein d'espoir, son chemin triomphant.

La Violette fanée

Son doux parfum a disparu,
  Ainsi qu'un souffle de baiser
Qni, m'effleurant, a parcouru
Mon corps fiévreux pour l'apaiser... —

Et ta délicate couleur,
Qui rappelle la sombre nuit,
Me fait songer, petite fleur,
Au bonheur qui tristement fuit.

O lambeau fragile et menteur,
Qui reposeras sur mon cœur,
Irréparablement flétri
De la tendresse dont je meurs.

Quatrain féminin

Je suis hanté par toi, ma fragile maîtresse,
Ton regard me poursuit, donne-moi ta caresse.
Que ton souffle divin, comme une ardente flamme.
Me brûle d'un amour qui réjouisse l'âme.

Les pauvres Chiens

J'admire les pauvres bons chiens,
  Privés de toutes les caresses,
Pour lesquels il n'est pas de biens,
Pas de repos, pas de tendresses.
Ils sont souvent crottés, bien laids,
Mais leur âme peut être belle.
Ils souffrent d'être si mal faits,
Enviant la riche dentelle

Des lits moelleux et parfumés,
A l'abri du froid, de la bise,
Eux qui s'endorment affamés :
On comprendra leur convoitise.
L'intelligent et vif barbet,
Avec ses drôles de grimaces,
Tâche de faire son effet
Devant les sottes populaces.
— Ayons pitié des animaux,
Nos frères accablés de maux. —
Il contemple d'un regard triste
Son maître farouche et cruel
Qui se prend pour un grand artiste,
Sans avoir nul talent réel.
Ce saltimbanque misérable,
Avec sa cravache à la main,
Se réjouit lorsqu'il accable
Ce martyr du pouvoir humain.
De l'aveugle, le chien docile,
Recueille, pour son maître âgé,
Des sous dans sa pauvre sébile
Et soutient le morne affligé.
Le chien est l'ami véritable
Du malheureux dans le chagrin;

Sa patience est admirable :
Sous les coups, il reste câlin.
Il nous donne souvent l'exemple
De la douceur, de la bonté,
Il est touchant quand il contemple
Son maitre avec anxiété.

La Sirène

Sirène au corps d'argent, dont le regard fascine,
Tu glisses comme un rets sur l'immense océan,
Attirant par ta voix, ô néfaste androgyne,
Le crédule pêcheur vers le gouffre béant.
Tes chants mélodieux dans la nuit étoilée,
Dans le calme divin, font tressaillir d'émoi,
Et de loin on entend cette harmonie ailée
Qui glace l'homme plein de désir et d'effroi.
Tu t'approches de lui, les lèvres souriantes;
De ta chair parfumée émane le péril;
Tu l'appelles encor de tes mains suppliantes,
Il est sous le pouvoir de ton charme subtil.

Inconscient, il suit la forme enchanteresse,
Oubliant son foyer, le bonheur du retour
Et les serments qu'il fit à sa jeune maîtresse :
Tu le tiens désormais dans tes filets d'amour ;
Mais il s'abîme au fond de l'onde impitoyable,
Il voit confusément l'épouvante des mers,
Des cadavres meurtris sur leur couche de sable,
Les crabes jaillissant de crânes entr'ouverts.
Il veut se libérer de sa prison mouvante,
Il tend ses bras vaincus vers l'horizon d'airain,
Puis meurt dans un sanglot. Et la douce voix chante,
Car une autre victime éclaire le lointain.

Vieilles reliques

De charmants souvenirs, des reliques d'amour
Dorment d'un long sommeil, enfouis dans les cendres ;
Nous revivrons l'Hier, quand le hasard d'un jour
Nous fera découvrir ces missives si tendres
Dont palpitaient nos cœurs, maintenant oublieux,
Et charmaient nos loisirs par d'exquises promesses.
Nous nous attarderons au songe radieux
Des jours dont le reflet brille dans les tristesses.

Le pâle ruban mauve, imprégné de soupirs,
Qu'un soir elle enleva de ses cheveux splendides,
Le bouquet, parfumé de fervents souvenirs,
Gisent, flétris ainsi que des lambeaux livides.
Les pétales meurtris, défaillants, sans odeur,
Semblent lugubrement penser à leur jeunesse,
Aux triomphes lointains, à leur fraîche couleur,
Au temps voluptueux de pompe et d'allégresse.

Les pierres précieuses

H abitante de l'Océan,
  Perle nacrée et chatoyante,
Qui fus toujours le talisman
Envié par la séduisante
Vierge, dont le beau corps sacré
Cache sa splendeur liliale ;
Corail, dont le reflet ambré
Fait rêver à ce doux pétale
Qui se déploie, et laisse voir
La tendre fleur ardente et rose
Qui sera vainement l'espoir
De l'amant discret et morose ;

Saphir, pareil au grand lac bleu,
A la mer, au ruisseau limpide,
Emblème d'amour et d'aveu
Qui scintilles clair et splendide,
Rubis, au rire éblouissant
Au front majestueux des reines,
Ainsi qu'une goutte de sang;
Émeraude, aux lueurs sereines
Semblables aux feuilles d'été;
Arc-en-ciel subtil de l'opale;
Améthyste, dont la beauté
A le deuil d'un souvenir pâle;
Onyx, triste comme un tombeau;
Je vous aime, fleurs éternelles,
Vous qui brillez, tel un flambeau,
Sur le sein palpitant des belles.
Vous ne connaissez point l'hiver,
Ni l'éternelle flétrissure,
Ni le temps au passage amer,
Ni l'amour, ni sa meurtrissure.

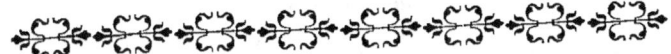

Première Nuit

Je veux que tes yeux bruns, dont les prunelles d'or
Sont comme le reflet d'un lointain et beau rêve,
Ne regardent que moi, prisonnière du sort
Qui jadis nous unit pour nous aimer sans trêve.
Je veux que pour toujours tu ne penses qu'à moi,
Que tu songes toujours à nos chaudes ivresses,
A nos divines nuits, à notre immense émoi
Quand, un soir, sans témoin, le cœur plein d'allégresses
Nous nous sommes promis un amour éternel.
Et, dans ce long baiser tu me dis, caressante :

« Je serai tout à toi, je cède à ton appel,
Je t'aime, mon amant, je brûle, frémissante. »
Depuis ce doux moment, combien de jours ont fui !
Ils furent tous divins, et cette courte année,
Dont l'exquis souvenir, comme un rayon, a lui,
Éclairera sans fin ma sombre destinée.
Je veux que mon amour, ainsi qu'un bouclier,
T'abrite des chagrins dont ton âme si tendre
Vibre si vivement ; tu dois les oublier
Quand, ardente, ma chair sur ta chair vient s'étendre.

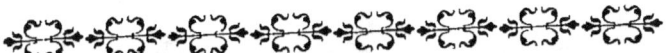

La Chambre d'amour

Chambre des douces rêveries,
　Chambre empreinte de souvenir,
Où, dans de longues causeries,
Qu'on ne voudrait pas voir finir,
L'âme, avec langueur, se repose;
Les meubles semblent attristés,
Prostrés, désabusés; leur pose
Et leur air sont désenchantés.
Les gazes, cascades neigeuses
Sur les fenêtres et le lit,
Paraissent être les berceuses
D'un amour vaguement contrit.
Sur cette couche, en souveraine,
La pâle idole de jadis
Dormait; et sa suave haleine
Se mêlait au parfum du lis,

Des œillets, de la violette,
Au bruit sourd du feu qui s'éteint,
A son âme tendre et muette.
Et mon cœur meurtri palpitait ;
Je rêvais aux chères caresses
Dont la vision me hantait,
Ma chair réclamant des tendresses.
A travers mes larmes, je vois
Le charmant et divin visage,
Et le voluptueux minois
Dont je subissais le servage
Je tends les mains vers ce portrait,
D'où se dégage tant de charme ;
Il a pour moi le sombre attrait
Du bonheur troublé par l'alarme.
Adieu, chambre du souvenir,
Chambre des douces rêveries.
Je ne veux plus te revenir,
Nid gazouillant de causeries.

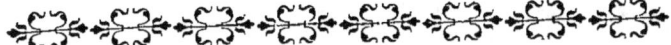

Table

M DCCCC III   E. G.

L. G.   7 FÉVRIER

Publications

de la

Maison des Poètes

Janvier 1903

PARIS

42, RUE MATHURIN RÉGNIER, 42

Au 1er avril prochain, la MAISON DES POÈTES *sera transférée,*
46, rue du Faubourg-Saint-Denis.

En publiant

Les

Cahiers d'un Bibliophile

La MAISON DES POÈTES s'est proposé de mettre à la disposition d'un petit nombre d'amateurs et de lettrés des œuvres littéraires de haute valeur devenues rares, et qui sont à peu près introuvables en librairie. Imprimés à 200 exemplaires numérotés et signés, sur le papier et dans le format du présent prospectus (in-8° écu), les CAHIERS, qui paraissent par livraisons de 80 pages de texte,

Au prix de trois francs le fascicule,

en feuilles pliées avec soin, mais qui ne sont ni cousues ni collées, formeront, peu à peu, une petite bibliothèque choisie d'œuvres rares, divisée en plusieurs séries; chacune de ces séries, faisant un tout bien complet, pourra être acquise isolément.

La PREMIÈRE SÉRIE de cette publication se compose de

L'OEUVRE DRAMATIQUE

DE

Tristan l'Hermite

et sera complète en huit volumes (quatorze fascicules), savoir :

Fascicules parus :

I : *Le Parasite*, comédie (1re partie); II : *Le Parasite* (suite et fin) et *La Mariane*, tragédie (1re partie); III : *La Mariane* (2e partie); IV : *La Mariane* (suite et fin) et *La Mort de Sénèque*, tragédie (1re partie); V : *La Mort de Sénèque* (2e partie); VI : *La Mort de Sénèque* (suite et fin) et *La Folie du Sage*, tragi-comédie (1re partie); VII : *La Folie du Sage* (suite et fin).

Fascicules à paraître :

VIII : *Panthée*, tragédie (1re partie); IX : *Panthée* (suite et fin) et *La Mort de Crispe ou les malheurs domestiques du grand Constantin*, tragédie (1re partie); X : *La Mort de Crispe* (2e partie); XI : *La Mort de Crispe* (suite et fin) et *Osman*, tragédie (1re partie); XII : *Osman* (2e partie); XIII : *Osman* (suite et fin) et *La Célimène de Rotrou accommodée au théâtre sous le nom d'Amaryllis*, pastorale (1re partie); XIV : *Amaryllis* (suite et fin).

Les textes ont été collationnés par M. EDMOND GIRARD, sur les meilleures éditions publiées du vivant de l'auteur; une notice bibliographique accompagne chaque volume.

Nous tenons des spécimens des *Cahiers* à la disposition de toutes les personnes qui les demanderont par lettre affranchie.

On peut s'assurer la 1re série complète des *Cahiers*, en souscrivant

Au prix de quarante francs.

Après l'apparition du XIVe fascicule, le prix de la 1re série sera porté à soixante francs.

Collection *Sic vos non vobis*

A trois francs le volume.

Format in-16 soleil (14 cent. sur 20); tirage à petit nombre, sur papier alfa vélin; exemplaires tous numérotés.

(Il existe, de chacun des volumes de cette collection, quelques exemplaires à 10 francs, imprimés sur Hollande Van Gelder.)

Les ouvrages publiés dans cette collection, exclusivement réservée à des éditions originales de poètes contemporains, ne seront pas réimprimés dans le format soleil.

BOCQUET (Léon). — *Flandre.*

GAUTHIEZ (Pierre). — *Isle-de-France.*

GIGLEUX (Émile). — *Quand les mots tremblent sur nos lèvres.*

MAURER (Théodore). — *Les femmes de Shakespeare.*

— *Plaisir d'amour.*

PAYEN (Louis). — *A l'ombre du Portique.*

En préparation :

RIVERSDALE (P.). — *Vers l'amour.*

Publications diverses

COUTANCES (Edmond). — *Neigefleur,* drame.

Brochure in-16 soleil, papier teinté . . . . 1 fr.
— in-4° écu, japon français . . . . 6 fr.

GOICHON (Alexandre). — *Menues Proses.*

Brochure, in-8° écu, papier alfa . . . . 2 fr.
— Hollande Van Gelder . . . . 4 fr.

Imprimerie L. Girard, 42, rue Mathurin Régnier, à Paris.

SIC·VOS·NON·VOBIS·

www.ingramcontent.com/pod-product-compliance
Lightning Source LLC
Chambersburg PA
CBHW071109260626
47162CB00006B/2261